파씨 있어요?

시인의일요일시집 **027**

파씨 있어요?

초판 1쇄 펴냄 2024년 4월 25일

지 은 이 고성만
펴 낸 이 김경희
펴 낸 곳 시인의일요일

표지·본문디자인 노블애드
경영지원 양정열

출판등록 제2021-000085호
주   소 경기도 용인시 기흥구 연원로42번길 2
전   화 031-890-2004
팩   스 031-890-2005
전자우편 sundaypoet@naver.com
블 로 그 https://blog.naver.com/sundaypoet

ISBN 979-11-92732-18-3 (03810)

값 12,000원

파씨 있어요?

고성만 시집

초등학교 4학년 때쯤
백일장 대회에 나가 난생처음
상을 받았다. 부안군 장원이었다.

학교에서는 명예를 드높였으니
부상으로 '송아지 낳을 소'를 준다 했는데
아버지는 소 키우기가 번거롭다는 이유로 거절하셨다.
그때 썼던 글짓기의 주제가 아마
'먼 곳'이었던 것 같다.

그 후 나는 자주 먼 곳으로 갔다.
몸은 여기 매어 있지만
먼, 그곳으로 가서 영영
돌아오지 않는 꿈을 꾸기도 한다.

2024년 봄
연제 호숫가에서

| 차 례 |

1부 우리 동네 날씨

2부 상담시간

1부

우리 동네 날씨

갑자기 비를 만났어

산행 중 느닷없이 빗방울 떨어진다 급하게 찾아든 큰 나무 밑 먼저 와 있던 사람들 틈 비집고 들어간 자리

미안해요 하면서 뛰어든 여자 모락모락 김 나는 목에 걸린 금빛 십자가 행여 내 입김 닿을까 봐 숨소리조차 조심하는데 더욱더 큰 가지 벌리는 진초록

흙먼지 가라앉히며 후드득 소나기 지나간 후 무지개다! 외치는 소리에 가슴이 저절로 뛰던,

왜 갑자기 떠오르는 것일까 꽤 오래전의 그 일

개망초는 피어 흔들리고

어둠은 침엽수림에 깃들고
햇살은 우듬지에 머물러
체온 가진 것들은
붉은 울음을 저장하기 위해
컹컹 짖어 대는데
제 속의 슬픔만 아니라면
불땀 좋은 아궁이에 장작 채운 후
활활 태울 수 있으련만
내가 내 무덤을 지날 때
무더기무더기 피어
하얗게 흔들리는 개망초

우리 동네 날씨

바람의 발이 몇천 갠지
햇빛의 비늘이 몇만 갠지 셀 수 있을 듯한데

연제 호숫가에
히잡 쓴 여인들 눈 파란 소년들
힘 좀 쓰게 생긴 남자들

언제 이렇게 늘어났지?

누런 고양이들이
갓난아이 울음소리를 흉내 내는 저녁
무슬림이면 어떻고
흑인이면 또 어때
단골 식당은 이미 망했으며
앞으로 갈 빵집은 문 닫을 예정인데

늦은 밤 귀갓길
골목 어귀 쏟아 놓은 토사물을 보듯

그리움은 대책 없이 무언가 치미는 것
불행은
제 그림자가 길어지는 것

구름의 양탄자가 숭숭 날아다니는 날
그대에게 좀 더 가벼이 다가가려 하네

나뭇가지에
음표처럼 매달렸다가
조르륵 떨어지는 물방울같이
오늘도
내일도
안녕, 안녕

몬순 여자 눈사람

베트남 여자가 마을에 온 다음부터
구멍 뚫린 듯 비가 퍼붓는다
나는 밤의 문턱을 베고 누워
쌀국수 다발같이 쏟아지는 빗소리
듣는다 여자가 흑흑 흐느낀다
남편이 다쳤다고 이제 어떻게 사냐고
나는 꿈속에서 낯선 지형 숙지하듯
여자를 탐색한다 허벅지에
검은 반점이 있을지도 모르는 일
아직 피어나지 못한 봉오리쯤 여기기로 했다
여자는 냇가 둑이 터지기 직전
종점 부근 주점에서
내가 기다리는 줄도 모르고
막차를 타고 떠났다가 주전자의 물이 증발할 때
저수지처럼 마른 얼굴로 돌아왔다
놀란 단추 같은 눈
녹으면 없어질 미소
눈사람의 어깨에 두 팔 두른 채 속삭인다

가지 말라고 가더라도
가는 즉시 다시 오라고

실어증

알 수 없는 영역에서
연기가 피어오르고
피부에 스미는 안개
빗소리처럼
발자국처럼

잡힐 듯
잡히지 않는 그림자

누군가의 입술을 통과한 단어들이
귀에 쌓이기도 전에 스러진다
아,

내 뜨거운 숨결이 그대 심장에 닿기를

빛이 소멸된 자리에 채워진 어둠
무참히 흐르는 시간 속에서
배도 고프지 않고

물기 바싹 마르는 혀

손끝 따라 떴던 해가
발밑으로 저문다

내가 날 위한
기도에도 지칠 때
대답 없는 질문들이 턱,
목을 막는다

천사들 다 어디 갔지

천사유치원에 갔었어
깜짝 놀랐지 천사들이 한 명도 안 보이는 거야 글쎄

그 말랑하고 촉촉한 것들
가녀린 어깨 하얀 날개 단 것들

어디로 사라졌지?

남자 노인이 뭐라 중얼거린다 지팡이로 의자를 툭툭 친다
여자 노인이 몇 발짝 떨어져 걸어간다

어르신 오셨어요 마중 나오는 요양보호사도 노인 원장도
노인
천사요양원으로 바뀐 거야 글쎄

찾으려야 찾을 수가 없어 부산스럽고 정신을 쏙 빼놓는
것들
안 봐서 차라리 다행이야

노인용 급식소 노인용 도서관 노인용 휴게실
전쟁과 가난을 넘어 오늘에 이르기까지 지혜롭고 다정한
친구들 손잡고

하늘로 돌아간 거야
그래도 만나야지 물난리와 불난리를 피해
보이진 않지만 분명히 있는 그것

내 이런 날 올 줄 알았어
천사들 없는 세상

이젠 어떻게 살지?

이웃을 기억하는 방식

언젠가 물었지 어디서 왔냐고
그는 알아듣기 힘든 말로 중얼중얼

이제부터 나는 그를 '흑형'이라 부르기로 했지

그는 가끔
'대산고물상' 아니 '대산자원'에서
압착기 돌리며 나지막하게 읊조리지

먼 나라 이름 모를 노래를

보일러가 없는 조립식 건물 안
첫눈 내리는 날엔
그다지 두껍지 않은 점퍼를 걸쳤더군
피부가 하도 까매서 빛이 나더라니까
스웨터 입은 그의 연인이 찾아왔는지 팔짱을 끼고 걸어갔어

파랗게 타오르는 스토브

꼭 부둥켜안으며 불씨를 다독인다는데
난로의 연료가 떨어지지 않을까
그의 걱정이 내 걱정,

고통을 나눈다는 자세로

그 어느 먼 나라에 도착할 때까지
꼭꼭 다짐하지

각자의 자리에서 최선을 다하기로

소녀를 숭배하다

한 소녀가 눈물로 적어 내려간 책을 구해 읽었지

소녀는 공장에서 일을 했는데 제 또래의 소년과 만나 결혼을 하고 그 소녀 닮은 아이를 낳았는데 그 소녀가 낳은 아이가 소녀만 한 나이가 되었을 때 제 또래의 또 다른 소년을 사랑하는

신통방통한 소녀들이었지

바리데기가 그러했고 잔 다르크를 닮았고 유관순을 존경하던, 정말 겁 없이 날렵한 발걸음으로 버드나무 숲속을 지나 내 집 근처에 세 들었는데

어느 봄밤 난방 온도를 뜨겁게 올리며 소녀의 방문 고리를 가볍게 부수며 아빠 친구처럼 다정하게 파이 굽는 자세로 엎드린 소녀의 몸을 뒤집으며 가만히 속삭이는 거야

울어 보렴 귀여운 새야, 짓밟히며 살아나는 꽃을 나는 아

주 오래 섬겨 왔단다!

 불경스럽게 아주 비열하게

 용서를 빌수록 늘어 가는 죄의 목록에 대한 연구를 하지

담양

삼사백 년 전 나무들이
번호표 단 사람같이
우뚝우뚝 서 있는 곳
독수정 소쇄원 돌아
아래를 내려다보고 송강정 면앙정 돌아
위를 올려다보며* 부끄러움 살피는 곳
나 고백하건대
슬픔에 어찌할 줄 몰라
나무들 사이 서성거린 적 있었고
나 고백하건대 숨기지 못할 기쁨으로
커다란 둥치에 온몸 맡긴 적 있었지
애간장 녹도록 임 그리워하다가
차라리 죽어 범나븨 되오리라**
머릿고기 내장 잘게 썰어 넣은 국에
꾹꾹 밥을 마는 저 사내처럼
절실한 노래 부른 적 있었지
죽물 시장 펼치던 자리
뜨건 국수 몇 사발 들이켜면

아이가 자라 어른 되고
인생은 망해도 대숲은 푸르리니
풍경 밖으로 걸어 나와
어둑 그늘 들추는
꽃창포 한 그루

* '면앙(俛仰)'의 뜻

** 「사미인곡」의 일부

하늘을 찾아서

초등학교 입학 무렵 시험을 치렀지

선생님의 질문에 막힘없이 대답해서 속으로 뿌듯했지

선생님이 색종이를 들었어 나는 "파란색!"이라고 대답했
고 선생님이 픽 웃었어 아무리 머리를 굴려 봐도 파란색이
라는 말밖에는 생각나지 않았고 또다시 자신 있게 "파란
색!"을 외쳤지

선생님은 하늘색이라고 말씀하셨지

그 이후 나는 하늘색을 찾아다녔어 고려청자 속 하늘 우
주인이 찍어 온 하늘 들꽃 피어나는 하늘 낙하산을 타고 하
늘 속으로 뛰어드는 꿈

비행기 조종사는 점점이 떠 있는 배들을 별이라 착각하여
바다로 활공*한다는데

쯧쯧,

꼭 가야 할 이유가 있었을 거야 검정일 수도 파랑일 수도
쪽빛일 수도 물색일 수도 있는 하늘

미세먼지 때문에 뿌연 대기

우리가 알던 곳이 아니야

도대체 하늘은 어디에 있는 거지?

* 버티고(Vertigo) : 비행 착각 현상

데이지원룸 301호

헤이, 거기 아가씨
어디 살아요?
거무스름한 피부
레게머리에게 말을 거는 푸드마켓 사장

토마토 어때요?
BTS는?
오징어게임은?

여자는 잇몸을 드러내며 환히 웃는다

검은지 흰지
뚱뚱한지 마른 체형인지
비빔밥을 좋아하는지 불고기를 좋아하는지
걸어왔는지 지구 반 바퀴 돌아 왔는지
아무렇거나

배달됩니다

비뚤배뚤 쓰인 간판

여기 맞나요?
데이지원룸 301호 현관에
과일바구니 들여놓으며
혼자 살아요? 혹시 도움 필요하세요?
손짓 발짓
침을 꿀꺽 삼키고 돌아서는데

접시꽃 붉게 피는 골목
조금은 늦은 시간
때 이른 후회,

노가리 안주 북북 찢어
소주 몇 잔 비울 수는 있지만

죽은 새의 눈을 보다

흰 구름의 영혼을 따라가고 싶었던 거다

경계 끝 다가가려던 나의 오만을 꿰뚫었던 거다

뚜껑 덮이지 않고 마르지 않는 우물에 잠긴 하늘 돛배 한 척

소중한 양식 구해야만 했던 신산함이거나 하룻밤 머무를
거처 찾아 헤매던 고단함이거나

흙으로 채워진 집이 그리웠던 거다

이승에서 저승까지

보지 않아도 환히 열렸던 거다

6월에 쓰는 편지

안녕 *까똑*
하신지 *까똑 까똑*

까맣게 익은 버찌 *까똑* 지워지지 않는 얼룩 *까똑* 빙하가
녹고 산불이 나고 *까똑* 전쟁은 계속되고 *까똑* 열탕지옥 같
은 계절이 오고 *까똑* 다 내 잘못만 같아 *까똑 까똑*

위로하듯 접시꽃 피어나는 골목 *까똑* 밤마다 찾아오는 소
쩍소쩍 *까똑* 소쩍새 *까똑 까똑*

아아 *까똑* 그리움은 영원하리 *까똑 까똑*

도무지 곁을 주지 않는 그대는 *까똑* 폭풍우 불어오기 직전
의 바닷가 *까똑* 위태로이 *까똑* 빨강 *까똑* 파라솔 세운 *까똑*
모래사장 *까똑* 건너 *까똑 까똑*

어쩌면 *까똑* 벌써 *까똑* 이미 *까똑* 아직 *까똑 까똑*

까똑 까똑 까똑

상담시간 | 2부 |

아름다운 지옥

하루에도 수십 번 만났다 헤어지기를 반복하는 희망과 절
망 사이 드라마틱한 인생 드물다지만 한 시대 휘어잡으면
황금알 낳지 않겠느냐고 힘차게 만국기 휘날리는 쇼핑몰 뒤
쪽 먹자골목 자욱 고기 굽는 연기 냄새 반대편으로 걸어서
10분 만에 도착한 공원

흐미, 저 살진 꽃들!

영양이 풍부한 아이들 울긋불긋 옷 입은 연인들 빼기 위
해 걷는 건지 찌기 위해 걷는 건지 걷고 마시고 걷고 먹어 대
니 어디 온전하겠어 복어처럼 불룩한 배의 남자들 육중한
몸의 여자들 그림자 담긴 호수 비단잉어에게 먹이를 주다
보면 저절로 묻게 된다

지금은 태평성대인가 아비규환인가

물에 비친 불빛, 그대로를 믿고 싶어지는 저녁

봄

한가꾸*

녹색 풀밭
붉은 달이 떴다
침샘 아래 독 든 대가리
꼿꼿이 쳐드는 뱀
통째로 넣고
달인다

토끼풀

늬 아부지
젊었을 적하고
어찌 그리 탁했냐며
손을 덥석 잡으시는 닭실 고모
희끗희끗
수북한 머리칼

* 엉겅퀴의 사투리

숲의 기분을 느껴 보세요
— 상담시간·1

이런 말, 해도 되나요
일면식도 없지만 들어드릴게요

내 안에 불안해하는 사람 있어요
완벽주의자가 되고 싶은 건지

이곳을 벗어나고 싶지도, 누굴 들여놓고 싶지도 않아요
참 답답한 분이시군요

무정부주의자는 아닌데
달콤 쌉싸름한 과실을 많이 드세요

살이 타는 듯해요 기후가 베려 버렸나 봐요
극에서 극으로 왔다 갔다 하지요

당신으로 하여금 내가 존재하나요?
지나치게 낙관적이시네요

빌딩 난간에 선 것 같아요
지나치게 극단적이시군요

마음을 도둑질할 기술은 어디 없나요?
뒤늦은 후회하지 마세요

존버하다*를 일본어로 뭐라 하죠?
알아듣기 쉽게 얘기하세요

하여튼 들어줘서 고마워요
숲의 기분을 느껴 보세요

* 존버하다 : 어떤 어려움이 닥치더라도 힘껏 버틴다는 뜻

어쩌다 이렇게
— 상담시간·2

당신의 성적 취향이 궁금해요
(킥킥거리며) 속옷은 입는 편이죠

비 오는 날을 좋아하세요?
미안해요 나 때문이라면

가볍게 날 수 있을까요? 눈송이처럼
언제 밥이나 한번 먹읍시다

당신을 좋아하면서도 당신에게 질투가 나요
뭘요 존재감이 일도 없는걸요

그럴 리가요 매미처럼 우렁차죠
욕구불만에 시달리는 건 아닌지

토종닭 모이나 주면서 구구구구,
심심한 것을 못 참으시네요

어쩌다 이렇게 망가졌을까요 우리도 전 세계도
혼자 해결할 수밖에 없어요

라벤더 꽃말을 알고 싶어요
낮술 한잔하셨나 봐요

와이키키 해변이 여기서 멀더군요
당신은 좋은 분, 추억만 기억할게요

별은 공중에 떠 있느라 얼마나 힘이 들까요
여유가 넘치시네요, 하하

참말로 징하고만
— 상담시간·3

매금씨 눈물이 나와야
당신은 누구세요

오늘 날씨가 험하구나
쓰다 버린 건전지 같아요

바람 지나간 자국마다 콕콕 쑤시는 걸
저기압이 지나가면 기압골이 다가와요

꽃들은 허무하게 피고 지는 것이 아니란다
시간과 거래를 하시는 건가요?

얘야, 화내지 마라 내가 다 가져가마
쯧쯧, 저녁은 저절로 붉어져요

원해서 그런 게 아니었어
컴퓨터를 새로 살 계획이에요

떠나는 이의 뒷모습이 아름답잖니
당신이 꿈꾸던 세상이 지금인가요

부식을 방지하거라 합법적인 방법으로
제가 뭘 더 해 주길 바라세요

여기는 사막이냐, 목이 말라
눈보라 속보다 낫다고 생각하세요

참말로 징하고만, 기억이 사라져 가
당신을 위해 기도할게요

옛날 여자

문자가 온다
언제 한번 만났으면 좋겠다고
이를테면 그녀는 나의 업보,
여러 명 아이를 낳아 기르고 있을지도 모르는 일

그때 만났던 역 앞에 쪼그려 앉아 끄덕끄덕
수없이 지나가는 그녀 닮은 사람들
막상 나타난 그녀는 언니 혹은 어머니
어디서 많이 본 듯한데
처음인 듯
눈가에 쏠려 있는 주름을 따라 도착한 들녘 끝 바닷가
그녀는 다른 남자 곁에서 나는 다른 여자 곁에서
함께 걸었으면서도 서로를 알아보지 못했다!

비바람 천둥번개
번쩍이는 섬광 속

막차 끊긴 종점 빗물여인숙에서 주전자의 물을 들이켰던가

흰 머리칼 듬성한 나이에 다시 만나
혁명을 도모할 일도
뼈에 사무친 후회도 없다 다만,
잊는 것보다
잊히는 것이 슬퍼서
노래방에 들어가
김광석 노래 서너 곡 악을 쓰며 부른다

폭설

지지하던 후보가
맥없이 낙선하던 그해 겨울
가창오리 떼 날아오를 때
오호츠크 한랭기단으로 뒤덮인 호남지방

사람들을 구조하기 위해
긴급 출동한 견인차들이 계곡에 처박히고
수험생은 낙방하고
노인은 낙상하고
꼭 다문 입술처럼
얼어붙은 하늘 아래
구급차의 경적이 귀청을 찢는 밤
완전히 갇혔다,

이렇게 황홀할 수가!
베란다에서 목마른 숨 몰아쉬는
용월*을 데려온다

맨발의 그녀를 안고
고드름 발 친 오두막에 도착한 후
그새 파래진 입술이 안쓰러워
장작 한 아름 가지고 와 난로를 피운다 불은
너를 위해 추는 춤

권커니 잣거니

바라본다
설원 위 펼쳐진
오로라를

*다육식물

변산 바닷가에서

누님, 성천*으로 소풍 간 지 어언 삼십 년이 넘었군요 두 살배기 조카가 시집가서 두 아이 엄마 되었으니 말입니다

해방되던 해 출현해서 해방조개라는 이름이 붙은 노랑조 개를 주워 끓이고 쫄짱기를 잡고 종일 멱 감고 쉬고 누워 잠 든 조카에게 누님이 파라솔을 씌우며 불렀던 노래

엄마가 섬 그늘에 굴 따러 가면
아기가 혼자 남아 집을 보다가

토막토막 끊어지는 필름 속 할아버지가 말 타고 다녔다든 가 아버지가 빨치산 토벌 나가 총을 맞았다든가 그때 수술 했던 화호중앙병원은 아예 기록이 없다든가 뒷산 황토가마 에서 구워진 항아리들 비안도 무녀도 신시도 위도 선유도 고군산군도의 섬으로 실어 가느라 돛단배들이 뜨고 내렸다 던 포구 근처 소바위에 씌워졌던 바위 옷은 모래로 뭉개졌 다든가

새만금이 들어선 뒤 바다가 쫄딱 망했어요 해안선은 반듯
해지고 섬들이 육지가 되고 백합들이 감쪽같이 사라져 버렸
어요 졸지에 뭍이 된 굿당에서는 서해를 지키던 영등할미가
흰 치마저고리만 걸어 둔 채 어디론가 떠나고 작두날 타던
재미동떡 있죠? 그 할머니라면 수평선을 소금쟁이처럼 건
너갈 수 있을 텐데 나와 동갑인 아들이 온몸 비틀어지는 병
을 앓다 궁포에 버려졌다는, 아이를 가진 배 위로 뱀이 지나
갔기 때문이라는,

가겟집 아저씨는 어쩌다 방안퉁수가 되었을까요 남로당
부위원장이었다는 소문은 사실이었을까요 불그스레한 얼
굴로 탁주 한잔 걸친 채 흰 고무신 끌고 다니던 그 집 둘째
아들이 꽤 유명한 시인이었는데

누님, 자주 갈매기가 날고 뻐꾸기가 울어요 가슴에 불도
장을 안고 살아가는 사람들이 어디 한둘이었겠습니까만 노
을이 아름다운 바닷가 잔별처럼 죄다 잃어버렸기 때문에 더
욱 빛나는 것 아닐까요

어떤 이야기는 파도를 넘어가고
어떤 이야기는 피가 흐르고
어떤 이야기는 구덩이에 처박히며

할 말은 죄다 가슴에 묻어 버린 채
붉은 한숨 토해 내는 해당화
연꽃처럼 떠 있는 섬

물결 위의 파랑에 몸을 맡긴 후 잘 달구어진 모래사장에
서 찜질이나 실컷 해요 우리

* 전북 부안군 변산면

패총이 있는 마을

얼룩조개에 눈 맞추면 보인다

별의 눈동자를 가진
아이가 태어나고

늙은 호박 같은 여인들이 죽고

맨 처음 소녀를 알던 날 마음에 켜진 등불

금계국

언제 우리나라로 왔는지 모른다
초여름 뙤약볕 아래 황금의 관을 두르고
휘황하게
채색하는 꽃의 영토

너를 보면
햇빛에 찔려 살인 범하는
뫼르소*가 생각나고 너를 보면
이국땅으로 시집간
누이가 생각난다

어찌어찌 도시로 이사 온 지 사십 년 넘어
나날이 쌓이는 게 근심인데
한순간 문득
어디론가 증발하고 싶을 때

나도
헬리콥터처럼

여러 개의 날개 달고
낯선 땅으로 훨훨

가다가다 문득 발이 닿으면
그곳에 뿌리 내린 후
수십만 평 들판에
불을 지르는 거야
바람 불 때마다 이리저리 휩쓸려
비를 부르는 거야

* 알베르 카뮈, 『이방인』의 주인공

마리우폴*

전쟁이 일어난 시간에
약간 마음의 근육을 씰룩거렸지만
전쟁이 일어난 시간에 아무 일도 없었다는 듯이
시청 앞 광장에서 약속을 하고
전쟁이 일어난 시간에
아무 일도 없었다는 듯이 조금은 절망하면서
조금은 허무해지면서

포위망 좁혀 가는 도시,
영화처럼 펼쳐지는 전쟁을 시청한다

마리우폴을 사랑한 청년이
짧은 포옹 후 총 들고 달려가는 장면
청년의 뒤에 대고 부디 무사하기를, 간절히 기도하는 처녀
결사적으로 저항하던 시민들이 다치거나 죽고
모든 빛 끊어진 채
폐허가 된 도시

누가 원한 것이었을까 도대체
누굴 위한 것이었을까
사랑했던 날들이여
무작정 신께 매달리지만 제발,
기회를 달라 애원하지만
찰나에 스쳐 가는 입술 자국 같은 희망마저 사라지면
도대체 어디로 떠나야 하나

마리우폴,
가만히 눈 감고 너 부를 때
가슴 아래쪽 명치께 찌르르르
툭, 떨어지려는 눈물

* 우크라이나의 지명, '성모마리아의 도시'라는 뜻

그루밍*

아이를 제물로 바치던 잉카제국
처녀를 성벽 아래로 떨어트린 신라인
심청을 인당수에 밀어 넣은 남경상인
소녀를 좋아하던 아우구스티누스
소년을 좋아하던 여러 황제들

아는가
입에 침방울 튕기며 윤리에 대해
진리에 대해 떠들어 대는 사람일수록
문란한 성적 상상 즐긴다는 사실

어른들은 어린것들의 피를 빨아 존재한다는 것

잘 보살펴 주겠다고
다짐하는 사람일수록
조심해야 한다는 것을

딸 같아서

조카 같아서
좋아서 그런다고
예뻐서 그런다고
만지고 때리고 핥고 비틀고 쑤시고 시나브로
바짝 다가서는 오빠 아빠
목사님 스님 신부님 교주님

침대에 반쯤 벗겨진 채로 누워 저를 만질 때
비로소 무언가 잘못됐다는 걸**

기억하는가
유혈목이 앞에 선 개구리의 비명을

* 미성년자를 정신적으로 길들인 후 이루어지는 성폭력
** MBC 뉴스데스크, "佛 가톨릭 아동 성학대 70년간 33만 명"
　(입력 2021-10-06 20:40)

제2근린공원

죽었다가 다시 살아나면 이런 기분일까

간판 등이 빙빙 돌아가는 미용실 의자 뒤로 젖힌 몸 어떤
여자가 다가오는 거야 향기로운 비누로 머리 감기며 살짝살
짝 밀착하는 감촉에 몸서리치는 감각은 수없이 피어나는 숭
어리에서 현세를, 벌써 지기 시작한 꽃잎에서 전세를, 아직
피기 직전의 봉오리에서 내세를 본다

늙은 미용사 혹은 애처로운 누이 아니면 누가 날 보살펴
주나 낭패한 얼굴로 주위를 돌아보면 점차 기우는 햇살 어
두워지는 나무 밑 차갑게 식히기 위해 노력하느라 창백해진
사랑은 이미 낡았거나 아직 오지 않은 것일 뿐

트랙을 네 바퀴째 돌아 제대로 차릴 수 없는 정신은 뜨겁
다 못해 무안했으므로

운동장 가에 주저앉아 숨을 고르는 중

쏟아 부은 진홍 물감 휘발하듯 피어오른 철쭉꽃 밭에서
귓불이 홧홧하고 온몸의 세포 하나하나 일어서는 느낌인데
살아도 산 것 같지 않은, 죽어도 죽은 것 같지 않은

4월 어느 공원, 일요일 저녁 무렵

대결

군화를 신은 사내가 들어서자
새들조차
고요해지는 숲

산탄총 맨 가죽 혁대에
주렁주렁 매달린 꿩 산비둘기 물까치
사내의 움직임을 주시하는 정적 속
푹, 폭발음과 함께
흩뿌려진 총알 세례에
피범벅이 되어 우수수
떨어지는 크고 작은 새들

머리에 흰 두건 쓴 사제가
천천히 걸어오고 있었다
나무 지팡이 들어
땅을 두드린 다음
숲 밖으로 난 길 가리키자
잠시 노려보던 사내가

침을 퉤 뱉으며
오토바이의 시동을 건다

좆도 아닌 것이!

사내가 씹어 뱉은 말이 부르르 떨릴 때
머리에서 흰 두건 벗어 든 사제가
주워 감싸자
다시 파닥거리는 새들

마을을 돌아
오토바이 탄 사내의 등에 찍,
똥을 갈기고
신의 어깻죽지를 향하여
떼 지어 날아갔다

3부

꽃씨 여인숙

씨앗 파는 남자

거의 매일 붉고 푸른 다라이 앞에 놓고 앉은 사내의 얼굴에 잠의 씨앗이 덕지덕지합니다 아주 오래 기다렸으므로 이미 성불을 하였거나 도를 통하였을 법한데 소나기 내리는 것도 알지 못하고 가로등에 기댄 채 단잠 빠졌던 사내는 투덜투덜 비닐을 씌웁니다 비록 원산지는 분명하지 않지만 콩과 식물은 넌출넌출 기어오르고 수수는 초록 줄기 밀어 올리고 "파씨 있어요?" 납작 눌린 아랫도리 황급히 털고 일어서려는데 "없으면 관두세요" 그냥 가 버리는 젊은 여자가 마냥 섭섭하여 파씨스트, 파씨스트, 중얼거려 보는 오후 브래지어 팬티 늘어놓은 김 씨와 소주 안주 내기 장기 한 판 그럭저럭 괜찮은 기분으로 다시 잠에 빠져듭니다

씨앗

볼록한 엉덩이다 오목하게 파 들어간 골짜기에는 물이 고
여 있다 한 끼 양식에 한 개의 스푼이 준비되었던 것 퍼내도
퍼내도 치욕이 치솟았던 것

날카로운 칼날 들어 찌르려 하면 아아아아 지르는 비명
이 악물고 버티다 버티다 실금에 스르르 내주는 살

망원경을 들여다본다 달콤한 즙을 저장했으므로 너의 마
음을 속속들이 알고 싶다 도대체 어떤 점이 문제인지 내 안
에 자라는 불안이 무엇인지

학교 가는 아이들 출근하는 어른들 망연히 바라본다 으스
스 돋는 한기 확 짜내 버리고 싶다 갈증의 뿌리를

비가 필요해

만삭의 배를 슬슬 어루만진다

시집 발간 축하 모임

깜짝 놀랐어
우리나라에
시인들이 이렇게나 많다니

좋아하는 시인 의기투합한 시인 존경하는 시인 유명한 시
인 존재감이 없는 시인 작품 경향이 비슷한 시인 창작실기
수강 중 만난 시인 문학상 뒤풀이에 빠지지 않는 시인 AI를
두려워하는 시인들 함께 모여

시집을 내고 또 내고
부러웠어

갈수록 시를 읽지 않는 세상에서 삼십 년 이상 뒤처지지
않고 쓰는 비결이 뭔지 함부로 묻지 않기로 했어 눈물 콧물
해낙낙 언제까지 할 것인지

칭찬해 주고 싶었어 참신한 제목의 신작 시집 기획했다는
것 추천도서 목록에 이름을 올렸다는 것

알기 때문에
한 가지 부탁을 했어

바다를 향해 가는 강물
붉디붉은 노을
노릇노릇
잘 구워진 슬픔 같은 시,

계속 써 달라는

갖고 싶은, 가질 수 없는

아주 어렸을 적에는
갈래머리 아이의
옆자리에 앉고 싶었고
좀 더 커서는 빨강 털모자의
소녀를 짝사랑하였으나
이도저도 실패한 후
어여쁜 딸을 낳고 싶었지만
그마저도 포기하고
살금살금 다가와 환히 볼 붉히는
아침 햇살이 탐났으나
죄가 될까 봐
죄로 갈까 봐
차마 훔치지 못하여서
막상 저지를 수 없어서
가까이 다가가려 노력할수록
자꾸 멀어지는 달의 눈썹

옛집 마당은 하얗고

1

몇 고개 넘으면 보일까 친구 집 찾아간다 치매 걸린 할머
니 바늘귀 꿰다가 나를 불러 옆에 앉힌 채 뉘 집 아들이냐
고놈 참 머리 쓰다듬어 주던

바다는 어찌 그리 푸르고 깊은지

바람은 왜 마른 잎사귀를 떨어뜨리는지

2

차로 삼십 분 걸어서 삼십 분 굽이굽이 휘어진 집 앞뒤 널
어놓은 은멸치 고소한 냄새 친구네 식구들은 죄다 사라지고
빙 둘러 우수수 부서지는 댓잎

산딸나무 꽃은 떨어져 뒷마당이 하얗고

먼눈으로 갸르릉 갸릉 울어 대는 고양이

모계|母系

물고기가 돌 밑에 알을 슬듯

수평선 아래로 내려오는 그물 바다 밑 훑는 쇠갈고리를
피해 도망쳤어

종아리가 길다는 것 왼손잡이라는 것 이런 부분이 외탁했
다는, 되지 않는 말 되새기면서

키가 커서 대목장으로 일하기 좋았다는 외할아버지, 너털
웃음을 잘 웃었다는 마음씨가 내 안에 조금이라도 스몄기
바라면서

어떻게든 이어 가야 한다는 결심을 굳혀 가면서 부드러운
것이 강한 것 이긴다는 사실을 깨달으면서

잔고기 많은 곳에 큰 고기가 모이듯

언젠가는 집게발보다 거대한 포클레인, 포클레인보다 더

거대한 타워크레인이 조성한 인공어초에 새끼를 기르면서

꽃게가 꽃밭을 이루듯

아름다움을, 아름다움만을 추구하는 거야

가와바타 야스나리*를 읽다

질컥질컥 젖은 신발 신고 다다른 변방 산 넘어 바다 건너
굽이굽이 돌아가면 새들이 부리 적시는 온천에 닿지

두 자 세 자 눈이 쌓이는 동굴 같은 길을 따라가면

한 여자가 공손히 무릎 꿇고 있는 여관에 들어 사나흘 여
독을 풀지 여자의 무릎을 베고 눕는다

이제 무엇을 하고 살까 게이샤의 머리에서 뽑아 둔 머리
핀을 만지작거리듯 진작 포기하지 못한 일들이 뉘우쳐지고
졸음은 눈꺼풀 타고 내려오고

아스라이 떴다 형체 없이 사그라지는 노을 바라보는 저물녘

주민등록이 말소되고 국적 또한 희미해졌으므로 함부로
아프지도 죽지도 못할 운수인데

몇 차례 허무를 독려할 만한 재촉이 없지는 않았으나 아

무리 생각해 본들 살아가야 할 특별한 이유 발견하지 못한
결말이 잘못되었을 터

눈 녹아 똑똑똑 낙수 지는 처마 안

절대 이별하지 않겠다고 맹세한 사람일수록 결국 헤어져 버
린 애달픈 사연처럼 샤미센이 운다 고양이 뱃가죽 두드리며

자살조차 아름다웠노라고 마음속 풍경이 운다

*『설국』의 작가

발푸르기스의 푸른 밤*

다 내려놓고 싶어요 갈수록 미궁으로 빠져들죠 어둠 속에
마녀들이 날아다니는 세상

불룩 튀어나온 젖가슴 길쭉한 다리 동그란 얼굴 보이세
요? 실제보다 환상이 더 아름다운 걸요 검정색 브래지어 흰
색 팬티를 보면 마음이 설레죠

십자가 문양의 드레스는 더욱더 야해요

한껏 부푼 계절 성령으로 가득 찬 밤

눈을 뜰 수도 감을 수도 없는 백야는 많은 것을 요구하죠
오로라는 평생 가야 제대로 보기 힘든 일

모닥불 밝히며 행운을 빌죠

어떤 방식으로든 살아가기야 하겠지만

큰 기대는 하지 않아요

고통을 견디는 한 시련은 계속될 테니까요

* 발푸르기스의 밤 : '성 발부르가'에서 유래한 유럽 민속축제

갈라파고스로 간 사람

당신, 어찌 그리 멀리 갔나요

그곳의 바다사자들은 안녕한가요

코끼리거북 이구아나도마뱀 갈라파고스펭귄들하고도 다
정하다지요

펄럭이는 바람 소리뿐
철썩이는 파도 소리뿐

혼자 산책 나갑니다

이 땅의 연인들은 강아지 데리고 데이트를 하죠 한 손으
로 긴 줄 감아쥔 채 킁킁 서로의 냄새를 맡으며 다른 손으론
부드럽게 허리를 감싸죠

아기보다 사랑스러운 강아지를 유모차에 싣고 이 공원 저
공원 순례해요 몹시 아플 땐 밤샘 간호해요 여행 갈 땐 멍호

텔 멍펜션이 있다죠

머지않아 강아지 전용 요양원도 생길 거래요

우린 지금 진화 중인가요 퇴화 중인가요

그럼 어때요

어차피 상관없어요

나, 멀리 있어도 항상 당신과 함께이니까요

꽃씨 여인숙

강변길 산책하다 돌아왔는데
도둑놈의갈고리가 달라붙었다
잠시 딴마음 먹은 것
증명이라도 하듯
방으로 따라 들어왔다
불을 끄고 함께 누우니
입술 꼭 닫은 채
허밍
허밍
푸른 덩굴이 뻗어 가면서
연보라 종처럼 매달리는 꽃들
도르르 여울물 흐르는 소리
푸드덕 날개 치는 오리들
여기 오래오래 살자 권했더니
목마른 숨 내쉬며
이 세상 잠시
머물렀다 가는 거야 중얼중얼
나는 홀씨를 들고 창문 열어

가만히 날려 주었다
축축 밤이슬 적신 길로

엘리베이터

안녕하세요!
명랑하게 인사할 때

여자는 유모차에 실린 댕댕이*를 꼬옥 껴안습니다

4층에서 싸우는 소리가 11층에서 커피향이 14층에서 생
선구이 냄새가 섞이는 찰나 아, 우린 공동운명체구나 깨달
으면서 옥상 난간에 매달린 물방울과 재회하는 순간 눈앞이
아득하죠

슬픔은 추락하기 쉬운 구조니까요

관보다 크고
방보다 작은,

이곳에 정착한 지 십여 년 만에 우기의 비린내와 고비사막
의 먼지 냄새를 구별할 수 있게 되었죠 유목의 노래를 부르
던 어젯밤 재워 줄 수 있느냐고 단지 그것뿐이라고 한사코

품으로 파고들던 여자

　빈털터리 지갑을 확인하고 난 후 쳇, 돌아서는 여자에게
　채울수록 비어 가는 방
　어떤 문이라도 열 수 있는 비밀번호를 선물하고

　당신이 내리면 내가 오릅니다
　내가 내리면 당신이 오릅니다

*강아지

불꽃놀이

불타는 밤이었어

꼭 무슨 일인가 벌어질 것 같은 불길함으로 횃불 지핀 사람들 진정한 자유는 가능한가 원시 낙원에서 추는 춤 푸른 숲속 흰 비둘기 날고 있었지

탕!

철모 쓴 유령들이 입 맞추다가 손가락 빨다 멍하게 서 있는 사람들을 닥치는 대로 찌르고 쏘고 기관총 소리 전차 소리 진동하는 아카시아 향기

축제의 날이었어

머리 깨지고 뱃가죽 터진 사람들이 새로 지은 병원 깨끗한 병상에 누워 펑펑 터지는 폭죽을 바라보았어

슬픈 열기를 담아 붉고 노란 꽃들이 앞다투어 피어났어

설도*에서

거친 바람 앞 희뿌옇게 바랜 소금 창고 눈이 산처럼 쌓여 있던 곳 자주 안개로 뒤덮였던, 그러므로 속내를 알 수 없던, 바다를 향해 뻗은 산책로

흘수선 드러낸 채 뭍으로 올라온 배

점 하나가 움직인다 커다란 자루를 멘 스님 어디서 와서 어디로 가는 걸까 해가 진다 수평선에 불이 붙는다 첨벙, 바다로 떨어지는 화염 비단고둥이 길게 끌고 가는 빛

파도는 누군가 그리워 머리 쥐어뜯는 통곡 같다 맨 처음 저녁을 맞이한 아이처럼 벤치의 발치에 쌓인 모래를 움켜쥔다 아비는 바다를 가까이하지 말라 하였으나 날이 갈수록 사무쳐

나는 내 어둠을 사랑하였으니

허벅지 배 가슴까지 차오르는 물, 숨을 턱 막는다

* 전남 영광군 염산면

아파트

허공을 쪼개어 거래하기 시작한 지
오십 년 만의 일이다
황금부동산이 생긴 지 삼 년 만의 일이다

불안한 꿈에 바벨탑이 들어섰다
방음 방습 방화문을 달고
새의 날개조차 닿기 힘든 높이로 자라났다

내가 십자가 지고 올라야 할 곳이 저기라니!

유성이
꽃잎처럼 내려앉는 밤
하늘에 걸친 사다리가 무너졌다
지붕 기둥 주춧돌까지
산산이 부서졌다

밥을 먹지 않아도 배고프지 않고
일을 하지 않아도 굶주리지 않는 인생

어릴 적
땅따먹기 하던 자리였다
아기 무덤이 있던 곳이었다

바람의 베개를 벤다
구름을 덮고 잠든다

마다가스카르

검푸른 은하
휘황하게 빛나는
별을 찾으러 간다

하던 일 멈추고
여러 나라 경계 넘어
원숭이 코같이 길쭉한 땅

바오바브나무 아래 불시착
수천 년 전 보내온
편질 읽는다

노을과 어둠 사이
발신인이 지워져 버린,

한때 뜨거웠던 기억도 없이
거기 존재한다는 이유만으로
그리워한 지

벌써 오래

파피루스 속
상형문자 들여다보듯

아침 일찍부터
비는 죽죽 내리고

4부

나는 저녁연기를 사랑했네

향기는 이별을 꿈꾼다

얼굴에 매화가 피었다는 여자에게서는 은은한 향기가 났다

젊어서는 남자를 주무르고 늙어서는 음식을, 조금 더 늙어서는 말랑말랑해진 기다림을 주무른다는 그 여자의 남편은 외국에 가서 돌아오지 않았다

먹은 것도 없이 자주 체하던 나는 죽은피를 빼기 위해 그 여자의 집에 들렀다 아직 이별이 얼마나 아픈 것인지 알지 못하던 시절

산동네 맨 꼭대기 그 집 앞에는 환한 별밭 뒤 언덕에는 새털구름 떼 손끝이 흘리는 냇물 분홍으로 내리는 눈

풀이 자라기 시작한 뒤란 은은한 향기 퍼지는 날

남편 없이 낳은 딸의 얼굴에 매화 꽃잎이 번졌다

목포 내항에서

외항선원 꿈꾸던 바다
아스라한 수평선
그림자조차 붉은 오후
나침반 구명보트
긴 고동 소리
점차 포말 거세어질 때
햇살 속 빛나던 섬이 멀어진다
항구로 돌아오는 배의 수척한 이마
갈매기 난다
우연과 운명 사이
깜박이는 등대
굽이굽이 골목 지나 가파른 언덕
계단을 오르고 또 오르면
불 켠 추억처럼 떠 있는 배
무릎 사이에 얼굴을 묻고
한 사내가 흐느끼고 있다

목공소

생나무의 향기를 맡으면 전생이 궁금해졌다

귀에 연필을 끼운 채 먹줄 죽죽 치는 사내가 끌 대패 톱으로 깎고 다듬어서 만든 구름무늬 반닫이를 집으로 모셔 들어오자 사십에 돌아가신 할아버지 개가한 할머니를 따라간 아버지

요셉처럼 키가 큰 목수 외할아버지 목수의 외동딸 세실리아 이복동생들 때문에 실컷 눈칫밥을 먹던 어머니 사변 통에 사라진 끝순이 빚만 남긴 채 도망친 종수

잔칫날처럼 모두 함께 모여

지지고 볶고, 볶고 지지고

나는 아무도 몰래 서랍에 들어가 낮잠을 쿨쿨

장마 끝

여울 거슬러 오르는
물고기 새끼처럼

봄을 개봉하다

옛날 영화를 본다
광활하게 펼쳐진
해바라기 밭 지나
십자가 묘지 사이사이
빛바랜 사진 한 장 간직한 채
눈보라에 실종된 남편을 찾아 헤매는 여자
줄에 널린 빨래
흰 침대보가 깔린 집
앳된 아내와 아이 만나고 나서
달리는 기차에 가까스로 올라
폭풍처럼 오열한다

주연배우는 은퇴하고
감독은 죽고
그때 함께 영화를 보던 사람들
죄다 사라지고 없는데
나 혼자 극장 옆 중화요릿집에서
얼큰한 짬뽕으로 배를 채운 후

조팝나무 아래 누워 깜박 든 잠 속
바스락 초록 뱀
노랑나비와 눈을 맞추는 아기
밭을 매다가 깜짝 놀라
황급히 달려오는 엄니

이제 막
잠 깬 벌들이 윙윙,
한껏 불어터진 젖을 물었다

이번 생은 흰빛인가

아름다움에 고파서
자꾸 보채는 마음으로
도화 말이야
범하지 말아야 할 죄 때문에
서로가 그리워 선혈 피어나는

전생은 저러했으려니
서둘러 피었던 꽃들 진 다음
어린것같이 고운 손가락 펴는 연두는
또 어떤가

푸르게 밀려오는 물살
이틀 사흘 내리던 비 그친 후
청량하게 울려 퍼지는 매미 소리는
왜 검은가

펑펑 쏟아지는 눈이 지워 버린 지평선
표표히 떠나가는 이의 옷자락

닮고 싶은

이번 생은 과연 흰빛인가

학저수지에 가자

소녀의 젖꼭지만 한 씨가
까매졌는지
사뭇 궁금할 때
학저수지에 가자

민간인 통제선 근처에 왜 이렇게 우아한 이름의 저수지가
있는지, 비무장지대 가까운 땅에 왜 이리 많은 수박을 재배
하는지 의아했지만

신원 미상의 비행물체 착륙을 감시하기 위해 인근 우리
부대에서 보초 근무를 나갔는데 힘든 교육훈련 대신 운 좋
게 그 자리에 걸린 날은 지루한 군대 생활 화풀이라도 하는
것처럼 퍽퍽,

움푹 짚은 발밑에서 지뢰가 터진 것처럼 깨진 수박 쩍 벌
어진 붉은 속

익은 놈은 마구 파먹고

덜 익은 놈은
미련 없이 던져 버리고

푸르딩딩 여름이
절정으로 치달아 오를 때
철원이라 아름다운
학저수지에 가자

나는 저녁연기를 사랑했네

타다 만 부지깽이로 부엌 군불 때다가 덜 마른 청솔가지
들어 올리자 에이 냉갈* 눈물 훔치는 그 애가 너무 예뻐

길을 지우고 마당을 덮고 토방에 쌓이는 눈

만남에 대해

이별에 대해, 이별 후의 아픔에 대해 말하고 싶었으나

함뿍 젖은 눈 속에서 튀어나온 어머니가 마녀같이 참나무
지게 작대기를 휘두를지도 모른다면서 울먹거리는 바람에
그 애를 보내고 쌉싸래하고 고소한 냄새 자욱 퍼지는 외양
간 소에게 여물이나 한 솥

슬픔이란 처마끝 빠져나가 산 넘어 바다 건너 바람의 신
발 신은 채 흔적 없이 사라진 눈물의 행방을 알아보는 것

행복이란 불땀 좋은 아궁이 앞에서 대책 없이 바라만 보는,

그런 것 아니겠는가

* '연기'의 사투리

벙어리장갑

어미돼지 뱃구레에 주렁주렁 새끼돼지 매달린 그림이 걸린 이발소 집 창문에 붙어 검은 코트 긴 목도리에 싸인 채 버스에서 내려오는 단발머리 소녀를 기다리고 있습니다 방망이질하는 가슴으로 뽀얀 수증기에 썼던 이름을 지우고 쓰고 다시 지우던 겨울

색색의 포장지에 싸인 카드 장갑 목도리 반지 선물을 가지고 우체국으로 갑니다 소포를 부치는 순간 받는 소녀의 얼굴이 그려집니다 장갑을 끼어 보았을까 유행에서 벗어나지 않았을까 어떤 표정일까

장갑을 끼고 종종걸음 치는 소녀를 볼 때 내 마음까지 훈훈해집니다

강변 지나 기러기 닮은 섬들 따라가면 어느 모퉁이에선가 문득 만난 눈사람 만든 사람의 바람을 안고 차디차게 얼어버렸습니다 눈물 글썽이는 별빛 아래 서 있습니다 솔가지 꺾어다가 붙여 놓은 눈썹이랑 삽날 찔러 넣은 배꼽 오뉘처

럼 연인처럼 다정하게 마주 보는 두 사람

아직 난로에 불 지필 시간이 되지 않았는데 서둘러 가 버리더니 다음 날 아침 또다시 입 밖에 내는 순간 녹아 버릴 듯 살살 찾아오는 햇살햇살햇살…… 가만히 굴리면 쿠키처럼 고소하게 녹는 이름

또 압니까 어느 거리 어느 길목을 걷다가 어릴 적 짝사랑했던 그 소녀를 우연히 만나게 될지 그 소녀는 이미 중년 여인이 되었을지라도, 그 소녀가 낳은 소녀들이 거리를 가득 메울 테니까 말입니다

양림동

선거 포스터 위로
주룩주룩 비가 내리던 담벼락
사직공원 계단을
가위바위보 하며 올랐지

시인이 살던 골목 돌아
음악가의 생가 지나
천변을 따라 걷기 좋아하던 우리는
노란 가로등 불빛 아래
하얗게 웃으며 손을 흔들었는데
점집 깃발같이
하염없이 나부꼈는데

몇 번 더
선거가 치러지는 동안
단축키로 들어간 전화번호처럼
내비게이션으로 찾아가는 주소처럼
사랑도 잃고

지지후보도 잃어버렸지

느닷없이
펄펄 눈송이 날려
흰 꽃 위에 쌓이는 4월
냉해 입은 과실들이
속절없이 떨어지는 계절에

왼쪽 가슴 부근
붉은 반점이 있는 새가
자꾸 울었지

강물에 띄운 편지
— 중선, 다정에게

눈에 넣어도 아프지 않을 만큼
사랑스러운 아들아
사랑스러운 딸아 지금은 한창 가을이구나
시원한 바람 흔들리는 코스모스
꽃처럼 피어나는 단풍잎
텅 빈 들녘 홀로 선 허수아비
가을이 아름다운 것은
그만큼 혹독한 계절이 다가오기 때문이다
너희들도 겨울에 대비하기 바란다
둘이 손을 꼭 마주 잡고 있으면 이겨 낼 수 있을 것이니
미안하다는 말보다 고맙다는 말을 먼저하고
안 된다는 말보다 걱정마라는 말을 먼저 하거라
열심히 했는데 뭔가 부족하다고 느낄 때는
주위를 둘러보아라 세상이 한없이 야속할 때는
큰 나무에 등을 기대고 하늘을 올려다보아라
그래도 아쉬울 때는 숨 한번 쉬고 모두 잊어라
만약 모든 것이 잘 풀려 성공을 이룰 때에는
할아버지 할머니의 손자 손녀,

아버지 어머니의 아들 딸,
누구누구의 친구, 이웃임을 잊지 마라
기쁨은 기쁨대로 놓아둔 채
함께 술잔을 기울여라
사랑이, 행복이, 인생이,
바로 이런 거 아니겠냐고 큰소리를 쳐라
그 성공 영원하도록 편지를 써서
저 강물에 띄우거라

구례발 부산행 영화여객을 타고

새벽에 지리산 내려와
연두색 버스를 탔던 것인데
비탈 깎아 만든 계단 위
탑처럼 지은 집 앞으로
윤슬 부서지는 강가
환하게 쏟아지는 꽃잎
정류장에 잠시 멈출 때
고개 숙이고 눈물 훔쳤을 것인데
바람 찬 항구도시
낯선 거리에 내렸을 것인데
바다 건너 다른 세상 꿈꾸었을 뿐인데
또다시 오랫동안 각자의 방식으로
서로를 그리워했을 터인데
보라색 커튼 찰랑찰랑
흰 눈 날리는 터널 향해
나뭇잎 같은 차표를 쥐고

햇살수집가

박박 머리 깎인 후 겨울에는 선풍기를 끼고 여름에는 난로를 피우며 집기같이 처박힌 여자 음습해서 녹이 슬기 좋은 계절 지나치게 밝아 어둡기만 한 나날 천장과 바닥 사이에 박쥐처럼 매달렸는데 페인트칠이 조금씩 벗겨지는 창문

침엽수들이 척척 늘어진 담벼락 안

퀴퀴한 냄새 난다 그 방구석에 자물쇠로 잠긴 함이 있어 열지 말 것 붉게 쓰인 봉인 강력하게 끌어당기는 비밀을 따라가면 원색적인 색채와 도발적인 자세로 물든 그림들 만민평등이 담긴 비결

시나브로 피어날 사랑 이야기

여자가 뒷마당에 뱀 허물 벗듯 옷 벗어 두고 먼바다 꿈꾸며 다시 골방에 틀어박힐 때 이제 막 달아오른 햇살 모아 피어나는 능소화 우기 지나 땡볕을 걸어온 한 남자가 방문 흔들 때 두꺼운 껍질이 쪼개지면서 알알이 쏟아지는 석류

꽃밭 일기

채송화

서해 어청도 해상에서
조업 중이던 배가 사라지고
파랑주의보 알리는 일기예보 울려 퍼지는 소리
지붕 안 어디선가 무허가로 이를 뽑는 신음 소리
식모 사는 정이의 방에
이를 뽑으러 들어가는 사람이 있다는 소문이 나고
정이의 의붓오빠가 돈을 뜯어낸다는 소문도 더불어 나고
양철 지붕 아래 또다시
자잘한 씨앗을 감출 때
섬으로 떠났다던 정이 남매가
노랑 빨강 파랑 아이를 낳았다는 소식이 들렸다

분꽃

교통사고로 죽은 아들 그리워 젖가슴 퉁퉁 분 여자와 몇

달 전 방앗간 뒤에서 엉겨 붙었다는 소문이 나면서 물에 빠
져 죽은 재식이 형의 시체를 본 다음부터 미친년이라고 놀
리는 일이 주춤해졌을 저녁 무렵마다 두 손 모아 누군가를
부르는 쌍나팔 노랗고 빨갛게 불어터진 꽃

맨드라미

물 떠 오고 진흙 붓고 조개껍데기에
상 차리던 담 모퉁이
숨바꼭질을 한다 장닭 벼슬처럼
불끈 솟은 대궁이 선혈 피우던 날
조합장 아저씨가 누이를 찾아다닌다
이년 애비 없는 년 가랑이를 찢어 주리라
바람 소리 음산하던 날
닭처럼 가는 다리의 누이가 발가벗긴 채
어둠 속으로 쫓겨난다
오들오들 떨고 있는 누이를 떠올리며

나는 자주 오줌을 지렸다

피라칸사스

　성탄절 가까운 마을에 군대 가는 청년과 사랑을 약속한
처녀가 살았습니다 가난한 아버지는 성주에게 처녀를 팔았
고 전쟁 통에 다리 부상 입고 돌아온 청년은 자신의 가슴을
쏘았습니다 푸른 피 토하는 나무를 충혈된 눈으로 바라보던
처녀는 시름시름 앓게 되었고 새가 되어 날아간 청년은 처
녀의 입에 넣어 주었습니다 붉게 익어 눈 녹이는 열매를

평상심(平常心)이 시(詩)다

차창룡(시인·문학평론가)

평상심(平常心)이 시(詩)다

시의 의사소통

내가 아는 고성만 시인은 '시를 사는 사람'이다. 처음 만날 때부터 그런 느낌이었다. 그를 처음 만난 것은 대학의 문학동아리 모임에서였다. 동아리에서 하는 일은 주로 시를 써 가지고 와서 함께 읽고 서로 평해 주는 것이었다. 잘 썼다는 칭찬보다는 신랄한 비판이 대부분이었는데, 회원들은 좀 더 설득력 있는 비판을 위해 기성 시인들의 시와 비교하거나 선배들의 시와 비교하곤 했다. 그때 예를 드는 대표적인 선배가 바로 성만 형이었다. 그는 후배들을 만나자마자 사정없이 몰아붙였다. 시는 '기성 시인들을 대충 흉내 내는 것'이 아니며, '만들어 내는 것'이어서는 안 되고 삶을 통해 저절로 '만들어지는 것'이

어야 한다는 그의 논리는 명쾌하고도 자신감 넘쳤다. 그야말로 오랫동안 시와 함께 살아온 사람만이 펼칠 수 있는 자신감이었다.

4학년 때였던가? 교내 문학상에 응모하기로 하고 성만 형에게 몇 편의 시를 보여 주었다. 그 시 속에는 나의 데뷔작인 「쟁기질 1」도 들어 있었는데, 그때는 그 시보다는 「축농증 수술」이라는 시를 앞세워서 응모하기로 했다. 그 시들을 성만 형에게 보여 주었더니 그 시를 이리저리 뜯어고치는 것이었다. 형이 고쳐 준 것을 모두 수용한 것은 아니지만, 나는 그때 형이 시를 고치는 것을 보고 시를 보는 눈이 확 열리는 느낌이었다.

나는 그때나 지금이나 시의 메시지를 도드라지게 하는 것을 좋아하는 편이지만, 고성만 시인은 그때나 지금이나 시의 메시지를 드러내는 것을 좋아하지 않았다. 어쩌면 메시지가 도드라지는 시는 '만들어 내는 시'라고 생각했는지도 모르겠다.

나는 고성만의 이번 시집을 읽으면서 그가 대학 시절 말했던, '만들어 내는 시'가 아닌 '만들어지는 시'를 드디어 완성한 것이 아닌가 하는 생각이 들었다. 그것은 그의 시가 좋아졌다거나 발전했다는 차원이 아니라, 그의 시가 그의 삶과 자연스럽게 하나가 되었다는 의미이다. 가령 다음 시를 보자.

산행 중 느닷없이 빗방울 떨어진다 급하게 찾아든 큰 나무 밑

먼저 와 있던 사람들 틈 비집고 들어간 자리

미안해요 하면서 뛰어든 여자 모락모락 김 나는 목에 걸린 금빛
십자가 행여 내 입김 닿을까 봐 숨소리조차 조심하는데 더욱더 큰
가지 벌리는 진초록

흙먼지 가라앉히며 후드득 소나기 지나간 후 무지개다! 외치는
소리에 가슴이 저절로 뛰던,

왜 갑자기 떠오르는 것일까 꽤 오래전의 그 일
　　　　　　　　　　　　　　　　　　　　　— 「갑자기 비를 만났어」 전문

산행 중에 갑자기 비가 내리자 급하게 큰 나무 밑에 들어가
게 되었는데, 거기에는 이미 먼저 와 있는 사람들이 있었다. 그
틈을 겨우 비집고 들어섰는데, "미안해요" 하면서 한 여자가
나무 밑으로 뛰어들었다. 여자와 화자 사이는 너무 가까워서
숨소리조차 조심하고 있는데, 갑자기 "흙먼지 가라앉히며 후
드득 소나기 지나간 후 무지개다! 외치는 소리에 가슴이 저절
로 뛰던" 오래전의 그 일이 떠오르는 것이었다. 소나기가 지나
가면서 무지개가 뜬 것은 현실의 일이기도 하고, 어쩌면 과거
의 일일 수도 있다. "무지개다!" 외치는 소리에 가슴이 저절로

뛴 것은 과거의 일일 것 같은데, 우리는 이 시를 읽고 '그래서 어쨌다는 말인가?' 하는 의문을 가지게 된다.

시가 보여 주는 것은 오직 상황뿐이다. 이 상황을 통해서 뭔가 하고 싶은 이야기가 있을 것도 같은데, 시인은 부러 얘기하지 않는다. 고성만의 시가 예전에도 대체로 이와 같은 면은 있었지만, 이번 시집은 이 같은 경향이 더욱 두드러진다. 이번 시집의 시들은 한두 가지 에피소드를 담고 있거나 간단한 상황을 담고 있다. 그것들을 통해 시인이 전하고자 하는 말은 어떤 상황이나 이미지 자체가 암시하는 것으로 그치는 경우가 많다.

「우리 동네 날씨」에 등장하는 사람들은 '히잡 쓴 여인들', '눈 파란 소년들', '힘 좀 쓰게 생긴 남자들' 등 외국에서 온 사람들이다. 다문화 가정이 언제 이렇게 늘어났지? 시인은 의문을 품으면서도 무슬림이건 흑인이건, 그것이 중요한 것이 아니라 단골 식당이 이미 망했고, 점찍어 놓은 빵집마저 문 닫을 예정이라는 것이 중요하다고 생각한다. "구름의 양탄자가 슝슝 날아다니는 날" 시인은 "그대에게 좀 더 가벼이" 다가가겠다고 결심하면서 다음과 같이 노래한다.

바람의 발이 몇천 갠지
햇빛의 비늘이 몇만 갠지 셀 수 있을 듯한데

연제 호숫가에
히잡 쓴 여인들 눈 파란 소년들
힘 좀 쓰게 생긴 남자들

언제 이렇게 늘어났지?

누런 고양이들이
갓난아이 울음소리를 흉내 내는 저녁
무슬림이면 어떻고
흑인이면 또 어때
단골 식당은 이미 망했으며
앞으로 갈 빵집은 문 닫을 예정인데

늦은 밤 귀갓길
골목 어귀 쏟아 놓은 토사물을 보듯
그리움은 대책 없이 무언가 치미는 것
불행은
제 그림자가 길어지는 것

구름의 양탄자가 슝슝 날아다니는 날
그대에게 좀 더 가벼이 다가가려 하네

나뭇가지에
음표처럼 매달렸다가
조르륵 떨어지는 물방울같이
오늘도
내일도
안녕, 안녕

― 「우리 동네 날씨」 전문

   일반적인 의사소통과는 다르지만, 시도 의사소통 수단이다. 시의 의사(意思)는 독자에게 분명한 메시지를 전달하는 데 초점을 맞추기보다는 독자로 하여금 메시지뿐만 아니라 이미지를 스스로 느끼게 하는 데 초점을 맞춘다. 「우리 동네 날씨」를 읽고 그 안에서 시인의 분명한 메시지를 읽기는 쉽지 않다. 다만 독자로서 나는 우리 동네에도 다문화 가정이 많아졌다는 것을 느끼면서, 단골 식당은 이미 망했고 자주 가려고 했던 빵집마저 문 닫게 된 상황에서, "그리움은 대책 없이 무언가 치미는 것/ 불행은/ 제 그림자가 길어지는 것"임을 깨닫는 시인을 발견한다. 그리운 그대에게 다가가지 않는 것은 결국 '제 그림자'만 길어지는 것, 그것은 불행일 테니, 그리움에 빠지지 않고 그대에게 좀 더 가벼이 다가가려는 시인의 마음을 느끼는

것이 독자로서 내가 할 수 있는 감상이다. 물론 그 감상은 정
답이 아니며, 오답도 아니다.

어둠은 침엽수림에 깃들고
햇살은 우듬지에 머물러
체온을 가진 것들은
붉은 울음 저장하기 위해
컹컹 짖어 대는데
제 속의 슬픔만 아니라면
불땀 좋은 아궁이에 장작 채운 후
활활 태울 수 있으련만
내가 내 무덤을 지날 때
무더기무더기 피어
하얗게 흔들리는 개망초

— 「개망초는 피어 흔들리고」 전문

키 큰 침엽수림 속은 약간 어둡다. 침엽수에 햇살이 내리지
않은 것은 아니지만, 우듬지에 머물러 있는 것이다. 컹컹 짖어
대는 것으로는 개가 떠오르는데, 개가 붉은 울음을 저장하기
위해 컹컹 짖어 댔던가? 붉은 울음일랑 아궁이에 장작 채운 후
활활 태워 버리는 것도 좋으련만, 제 속의 슬픔이어서 태울 수

없다는 것은 무슨 뜻인가?

과거에 우리의 유골은 산천에서 썩었거나 온 산천에 뿌려졌을 터, 따라서 온 산천은 우리의 무덤이다. 그래서 시인은 개망초 피어 있는 산길을 걸으며 "내가 내 무덤을" 지난다고 말한다. 그때 개망초는 하얗게 흔들리고 있었다.

이 시는 고성만 시의 의사소통 방법을 대표적으로 보여 준다. 이 시가 시적으로 말하고자 하는 바는 '제 속의 슬픔을 활활 태우고 싶다'는 것인데, 시인은 그런 전언(傳言)을 직접적으로 표현하지 않는다. 어둠이 침엽수림에 깃들어 있는데, 햇살은 우듬지에 머물러 내려오지 않는다는 배경도 이미 한마디 하는 셈이지만, 그 전언은 사실상 배경으로만 작용한다. 체온을 가진 것들이 컹컹 짖어 대는 이유가 붉은 울음을 저장하기 위한 것이라는 전언은 이미지로만 작용한다. 결국 이 시는 제 속의 슬픔을 뜨겁게 타오르는 장작불에 활활 태워 버리고 싶지만, 그렇지는 못하고 하얗게 흔들리는 개망초처럼 무더기무더기 살고 있음을 간접적으로만 전달하고 있는 것이다.

「데이지원룸 301호」나 「6월에 쓰는 편지」는 다른 방식이지만, 시의 전언이 직접적으로 드러나지 않는다는 점에서는 다른 시의 의사소통 방식과 유사하다. 카카오톡의 '까똑'이라는 의성어를 반복함으로써 대책 없는 현실에 대한 시인의 생각을 간접적으로 전하는 한편, 마지막에는 '어쩌면', '벌써', '이미',

'아직' 등의 부사어를 통해 시인의 위기의식을 재미있는 방식으로 전달한다.

세상은 소통 부재

오늘의 우리 세상은 의사소통이 정상적으로 이루어지지 않는다. 일방적으로 자신의 말만을 하는 경우가 많고, 남의 말을 자기 생각대로 듣는 경우가 많다. '상담시간'이라는 부제가 붙은 「숲의 기분을 느껴 보세요」, 「어쩌다 이렇게」, 「참말로 징하고만」은 소통 부재 시대의 현실을 재미있게 보여 준다.

매금씨 눈물이 나와야
당신은 누구세요

오늘 날씨가 험하구나
쓰다 버린 건전지 같아요

바람 지나간 자국마다 콕콕 쑤시는 걸
저기압이 지나가면 기압골이 다가와요

꽃들은 허무하게 피고 지는 것이 아니란다
시간과 거래를 하시는 건가요?

애야, 화내지 마라 내가 다 가져가마
쯧쯧, 저녁은 저절로 붉어져요

원해서 그런 게 아니었어
컴퓨터를 새로 살 계획이에요

떠나는 이의 뒷모습이 아름답잖니
당신이 꿈꾸던 세상이 지금인가요

부식을 방지하거라 합법적인 방법으로
제가 뭘 더 해 주길 바라세요

여기는 사막이냐, 목이 말라
눈보라 속보다 낫다고 생각하세요

참말로 징하고만, 기억이 사라져 가
당신을 위해 기도할게요

— 「참말로 징하고만 – 상담시간·3」 전문

진지한 질문에 대해 엉뚱하거나 알쏭달쏭한 대답으로 맞서는 것은 주로 선문답에 등장하는데, 시인은 '상담시간'이란 연작시에서 이 대화법을 사용하고 있다. "매금씨 눈물이 나와야"라고 말하니, 상대가 "당신은 누구세요"라고 묻고, "오늘 날씨가 험하구나" 하는 말에 "쓰다 버린 건전지 같아요"라는 대사가 이어진다. "얘야, 화내지 마라 내가 다 가져가마"라고 말하자, "쯧쯧, 저녁은 저절로 붉어져요"라며 알쏭달쏭하게 대꾸한다. 선문답에서는 대답 속에서 단일한 의문이 싹트는데, '상담시간' 연작 속에서는 단일한 화두가 탄생하는 것이 아니라 화두가 많아짐으로써 사실상 단일한 화두가 없어지게 된다. 오늘날 우리들의 대화가 이런 방식이 아닐까? 지나치게 다양한 화두 때문에 하나의 화두도 없어지는 것?

그러나 시인은 이 연작시에서 수많은 질문 속에서 갈 길을 모색하는 자기 자신과 엉뚱한 대화를 나눔으로써 아주 간접적으로 메시지를 만들어 내고 있는 것으로 보인다. 의사소통이 잘 되지 않는 현실에 대한 고발인 듯하지만, 시인은 뚜렷한 메시지는 만들지 않고, 다만 의미를 헤아리고 짐작해 보는 것만으로도 시를 충분히 즐길 수 있게 한다.

옛날 여자에게 "언제 한번 만났으면 좋겠다"고 문자가 왔다. 두 사람은 약속장소에 갔다. 역 앞에 쪼그려 앉아 수없이 지나가는 그녀 닮은 사람들을 본다. 드디어 어디서 많이 본 듯한

얼굴을 만나게 되었지만, 너무나도 달라진 모습에 금방 알아
보기는 힘들었다. 왜 만났을까? "흰 머리칼 듬성한 나이에 다
시 만나/ 혁명을 도모할 일도/ 뼈에 사무친 후회도 없다 다만,/
잊는 것보다/ 잊히는 것이 슬퍼서"(「옛날 여자」) 화자는 노래
방에 들어가 현실만큼 슬픈 김광석 노래를 악을 쓰며 불렀다.

세상은 어쩌면 이렇게 모순으로 둘러싸인 채 흘러가고 있
다. 우크라이나에서는 생사를 가르는 전쟁이 벌어지고 있지
만, 우리는 서울의 시청 앞 광장에서 친구들과 약속하고, 조
금은 절망적인 대화를 나눈다. 텔레비전 화면에서는 사랑하
는 청년이 총을 들고 입대하는 것을 한 처녀가 안타까이 바라
보고 있지만, 서울의 카페에서는 처녀와 총각들이 깔깔거리며
웃는다. 상상해 보면, 한국전쟁 때도 그러했을 것이다. 한국에
서는 피비린내가 진동했지만, 유럽의 어느 거리에서는 웃음꽃
이 만발했으리라. 그러나 시인의 감성은 우크라이나의 마리우
폴이라는 도시를 떠올리며, "가만히 눈 감고 너 부를 때/ 가슴
아래쪽 명치께 찌르르르/ 툭, 떨어지려는 눈물"(「마리우폴」)을
시로 노래한다.

결국 시인은 직접적인 발언을 삼갔던 태도를 버리고 세상의
부조리를 토로하기도 한다. "아는가/ 입에 침방울 튕기며 윤
리에 대해/ 진리에 대해 떠들어 대는 사람일수록/ 문란한 성적
상상 즐긴다는 사실"(「그루밍」)을 고발한다. 그러나 직접적인

고발은 이번 시집의 콘셉트가 아니다.

거의 매일 붉고 푸른 다라이 앞에 놓고 앉은 사내의 얼굴에 잠
의 씨앗이 덕지덕지합니다 아주 오래 기다렸으므로 이미 성불을
하였거나 도를 통하였을 법한데 소나기 내리는 것도 알지 못하고
가로등에 기댄 채 단잠 빠졌던 사내는 투덜투덜 비닐을 씌웁니다
비록 원산지는 분명하지 않지만 콩과 식물은 넌출넌출 기어오르
고 수수는 초록 줄기 밀어 올리고 "파씨 있어요?" 납작 눌린 아랫
도리 황급히 털고 일어서려는데 "없으면 관두세요" 그냥 가 버리
는 젊은 여자가 마냥 섭섭하여 파씨스트, 파씨스트, 중얼거려 보
는 오후 브래지어 팬티 늘어놓은 김 씨와 소주 안주 내기 장기 한
판 그럭저럭 괜찮은 기분으로 다시 잠에 빠져듭니다

— 「씨앗 파는 남자」 전문

시장 한쪽 길가에서 한 사내가 고무 다라이에 여러 종류의
씨앗을 진열해 놓고 팔고 있다. 씨앗을 사는 사람이 많지는 않
다. 손님이 별로 없으니, 무료한 사내는 잠이나 잘 수밖에 없
어, 늘 잠의 씨앗을 덕지덕지 얼굴에 뿌려 놓고 있다. 그날도
꾸벅꾸벅 졸고 있는데, 빗방울이 떨어진다. 졸린 눈을 뜨고 겨
우 비닐로 덮고 있는데, 마침 손님이 와서 물어본다. "파씨 있
어요?" 비닐을 마저 덮고 일어서려는데, 성질 급한 손님은 벌

써 "없으면 관두세요" 하고 가 버린다. 결국 사내는 비가 와서 오늘은 파장하고 속옷장수 김 씨와 장기 한 판 하고는 다시 잠에 빠져들고 만다. 고성만의 이번 시집 시들은 대체로 이렇게 상황을 전개하고, 메시지는 독자가 직접 생각해 보게 한다.

　시인은 '보이지 않는 전언'을 선호한다. 그는 어쩌면 시는 화두 같은 것이라고 생각하는 것 같기도 하다. 그러나 그의 시에 등장하는 의문이 화두처럼 강렬한 것은 아니어서 시인의 의도가 애초에 화두였다고 확신하기는 힘들며, 간화선(看話禪)의 화두가 하나의 의문으로 집중되는 데 비해 이 시집의 시들이 던지는 화두는 여러 가지로 흩어지기 일쑤다.

아주 어렸을 적에는
갈래머리 아이의
옆자리에 앉고 싶었고
좀 더 커서는 빨강 털모자의
소녀를 짝사랑하였으나
이도저도 실패한 후
어여쁜 딸을 낳고 싶었지만
그마저도 포기하고
살금살금 다가와 환히 볼 붉히는
아침 햇살이 탐났으나

죄가 될까 봐

죄로 갈까 봐

차마 훔치지 못하여서

막상 저지를 수 없어서

가까이 다가가려 노력할수록

자꾸 멀어지는 달의 눈썹

— 「갖고 싶은, 가질 수 없는」 전문

어린 시절부터 우리에게는 막연한 바람, 막연한 욕망 같은 것이 있었다. 사람에 따라 다를 수는 있겠지만, 그것은 이루어지기 힘든, 이루어지지 않아도 인생에 큰 지장을 주지 않는 그런 바람이었다. 이 시는 바로 그런 바람을 노래한다. 아주 어렸을 적에는 예쁜 갈래머리 아이의 옆자리에 앉고 싶었으나, 선생님은 다른 자리를 지정해 주셨다. 좀 더 커서는 빨강 털모자의 소녀를 짝사랑하였으나 고백하지도 못한 채 끝났다. 혼인한 후에는 예쁜 딸을 낳고 싶었지만, 그것도 마음대로 되는 일은 아니어서 시인의 첫 아이는 아들이었다. 모두 포기한 후에 아침 햇살이 참 좋아서 햇살을 훔치고 싶었으나 "죄가 될까 봐/ 죄로 갈까 봐" 훔치지 못하였다. 결국 그것은 "가까이 다가가려 노력할수록/ 자꾸 멀어지는 달의 눈썹" 같은 것들이었다.

아침 햇살을 훔친다는 것은 무엇일까? 이 시에서 생기는 의

문은 바로 그것이다. 아침 햇살은 어차피 영원히 머무를 수 없는 것임을 시인이 모를 리 없다. 그것을 훔치는 것은 물론 가지는 것도 불가능하다. 그런데 그것을 훔칠 생각을 하다니, 햇살을 훔친다는 것이 도대체 무슨 뜻일까? 훔치지도 못하는 햇살을 탐내는 것이 왜 죄가 되는 것일까? 시인은 어린 시절부터 갖기 위해 꿈꾸었던 것은 모두 "가까이 다가가려 노력할수록/ 자꾸 멀어지는 달의 눈썹"이라고 표현한다. 아침 햇살과 달의 눈썹은 시의 상징이 아닐까 싶다. 그러나 그것들을 '시의 상징'으로 해석하면 "차마 훔치지 못하여서/ 막상 저지를 수 없어서"의 의미가 멀어진다. 역시 고성만 시의 화두는 하나로 모아지지 않고 여러 갈래로 흩어지는데, 간화선의 화두가 수행자의 집중을 위해서 하나로 모아지는 것이 당연하지만, 시인의 화두는 오히려 넓은 스펙트럼을 보여 주는 것이 온당할 것이다.

우리가 갖고 싶은 것은 아주 잠시만 머무르는 '아침 햇살'이나 자꾸만 멀어지는 '달의 눈썹'과 같은 것이 아닐까? 어린 시절의 추억이 생각나 찾아간 친구네 집은 텅 빈 채 "우수수 부서지는 댓잎"(「옛집 마당은 하얗고」)만 남아 있다. 갈라파고스로 간 사람은 누구인지 모르지만, 그에게 시의 화자는 강아지 이야기를 한다. 이 땅의 사람들은 강아지를 너무도 사랑하여 "머지않아 강아지 전용 요양원도 생길 거래요"(「갈라파고스로 간 사람」)와 같은 이야기다. 갈라파고스로 간 사람도 가까이 다가가려 노력할수록 멀어지는 '달의 눈썹'과 같은 사람일 것으로 짐작되는데, 시인은 오히려 "나, 멀리 있어도 항상 당신과 함께이니까요"(같은 시)라며 정반대로 말한다. 시인과 독자의 의사소통은 논리적인 대화로써 이루어지는 것이 아니라 의미가 확산되는 이미지의 교환, 의문이 확산되는 화두의 교환으로 이루어진다.

그러나 그런 법칙이 고성만 시인의 모든 시에 적용되는 것이 아니다. 예를 들어 「꽃씨 여인숙」은 이미지는 확산되지만, 의미는 비교적 명료하다. 산책할 때 옷에 붙어 방으로 따라 들어온 도둑놈의갈고리에게 "여기 오래오래 살자 권했더니" 도둑놈의갈고리, 혹은 시에 등장하는 오리들이 "이 세상 잠시/ 머물렀다 가는 거야 중얼중얼"거리는 것이었다. 결국 화자는 "홀씨를 들고 창문 열어/ 가만히 날려 주었다"는 이야기다. 이미지도 화두도 안정적으로 안착하는 시인 듯하지만, 꼭 그렇지만은 않은 것은 홀씨가 땅에 떨어진 것이 아니라 멀리 날아갔다는 데서 찾을 수 있다. 어쩌면 홀씨가 멀리멀리 날아가는 이미지는 「마다가스카르」 같은 시에서 보여 주듯 "거기 존재한다는 이유만으로" 생기게 되는 그리움 같은 것은 아닐까?

고성만 시인의 이번 시집은 일상에서 마주치는 다양한 경험들을 대수롭지 않은 듯이 이야기하지만, 그 안에는 산 넘어 바다 건너 우주로 달려가는 상상력이 있고, 생의 의미를 묻는 다양한 화두가 살고 있는데, 그것들이 통일된 의미로 모아지기보다는 의문이 분화되는 양상으로 던져진다. 도대체 무슨 뜻이지? 곱씹어 보는 데 이 시집의 묘미가 있다. 그 의미는 「갖고 싶은, 가질 수 없는」 것이어서 끝내 의미를 찾을 수 없다 하더라도 그 의미를 생각해 보는 것 자체가 곧 시를 즐기는 것이다.

평상심이 시다

내가 요즘 꿈꾸는 것은 '평상심시도(平常心是道)', 평상시의 마음이 곧 도가 되게 하는 경지다. 마조도일(馬祖道一)의 『마조록』은 평상심시도에 대해 다음과 같이 설명한다. "도(道)는 닦을 것이 없으니 물들지만 말라, 무엇을 물듦이라 하는가. 생사심으로 작위와 지향이 있게 되면 모두가 물듦이다. 그 도를 당장 알려고 하는가. 평상심(平常心)이 도이다. 무엇을 평상심이라고 하는가. 조작이 없고, 시비가 없으며, 취사(取捨)가 없고, 단상(斷常)이 없으며, 범부와 성인이 없는 것이다." 조작이 없고, 시비가 없으며, 취사가 없고, 단상이 없으며, 범부와 성인이 없는 것이 곧 평상심이다. 따라서 평상심은 쉽지만 어렵다. 탐욕과 분노와 어리석음에 물들기 이전의 마음이 평상심인데, 아무것도 조작하지 않으면 될 듯한데, 우리의 마음은 조작하는 것이 오히려 자연스러워서 조작하지 않는 평상심이 더 어려운 것이다.

앞에서도 언급했듯이, 나는 고성만의 이번 시집을 보면서 그가 일찍이 꿈꾸었던 '만들어 내는 시'가 아닌 '만들어지는 시'의 경지를 완성한 것이 아닌가 하는 생각이 들었다. 그는 대학 시절에 썼던 「서두터 일기」라는 시에서부터 이웃 사람들의 삶을 자연스레 그려 내는 것에 익숙했다. 평범하고 나직하게 전개되는 그의 이야기는 의도적으로 구성해 낸 것이 아니라 있는 그대로 옮겨 온 듯한 느낌을 준다.

얼굴에 매화가 피었다는 여자에게서는 은은한 향기가 났다

젊어서는 남자를 주무르고 늙어서는 음식을, 조금 더 늙어서는 말랑말랑해진 기다림을 주무른다는 그 여자의 남편은 외국에 가서 돌아오지 않았다

먹은 것도 없이 자주 체하던 나는 죽은피를 빼기 위해 그 여자의 집에 들렀다 아직 이별이 얼마나 아픈 것인지 알지 못하던 시절

산동네 맨 꼭대기 그 집 앞에는 환한 별밭 뒤 언덕에는 새털구

름 떼 손끝이 흘리는 냇물 분홍으로 내리는 눈

풀이 자라기 시작한 뒤란 은은한 향기 퍼지는 날

남편 없이 낳은 딸의 얼굴에 매화 꽃잎이 번졌다
— 「향기는 이별을 꿈꾼다」 전문

여자의 특기는 잘 주무르는 것이어서, 그녀는 젊어서는 남자들을 잘 주물러서 먹고살았고, 늙어서는 음식을 잘 주물러서 먹고살았으며, 조금 더 늙어서는 말랑말랑해진 기다림을 주무르면서 살고 있는데, 여자의 남편은 외국에 가서 돌아오지 않았다.

화자는 먹은 것도 없이 자주 체하여서 잘 주무르거나 죽은 피를 빼서 체증을 낮게 했던 그녀를 찾아간다. "아직 이별이 얼마나 아픈 것인지 알지 못하던 시절"이었다. 그다음 이야기는 모두 이미지로만 엮여진다. 그녀는 살림이 넉넉하지 않아서 달동네에서 살고 있어서, 그 덕분에 오히려 그 집 앞은 환한 별밭이었다. "언덕에는 새털구름 떼"가 한창이었는데, "손끝이 흘리는 냇물"이나 "분홍으로 내리는 눈"은 이미지로만 다가온다. 식구가 적어서인지 풀이 자라기 시작한 마당에서는 은은한 향기가 퍼졌다.

"남편 없이 낳은 딸의 얼굴에 매화 꽃잎이 번졌다"라는 문장은 무슨 뜻일까? 매화처럼 하얗고 화사했다고 말하는 것 같기도 하고, 뭔가 슬픈 의미 같기도 하다. 시인의 시가 표현하고자 하는 바는 여기까지이다.

조주 선사가 스승인 남전 선사에게 물었다.

"도가 무엇입니까?"

남전 선사는 당신의 스승인 마조 선사의 언어로 대답한다.

"평상심이 도니라!"

나는 고성만 시인의 새 시집을 읽고 '가상의 고성만 시인'에게 물었다.

"시란 무엇입니까?"

"평상심이 곧 시입니다."

이 결론은 비약일 수 있겠다. 그럼에도 나는 고성만 시인의 이번 시집은 평상심시시(平常心是詩)를 시도한 시라고 감히 말한다. 여기서 평상심이란 시를 위해 조작된 것이 아닌 있는 그대로의 마음 자체이다. 이 태도로 시작에 임한다면, 시를 쓰기 위해 애쓸 필요가 없다. 조작되지 않는 시심(詩心)을 받아 적는 것 자체가 시이기 때문에, 시심이 읽어 주는 시를 그대로 받아 적기만 하면 된다. 그렇다고 시가 자동으로 생산되는 것이 아닌 것은 우리의 마음이 이미 조작에 길들여져 있어서, 조작된 마음을 덜어 내는 것이 필요한 작업일 수 있다. 문제는 조작된 마음을 덜어 내는 것 또한 조작이 될 수 있다는 것인데, 이를 해소하는 방법이 곧 '시를 사는 것'이다.

고성만 시인이 많은 작품을 쓸 수 있는 이유를 나는 그가 '평상심이 곧 시'라는 마음으로 '시를 살고 있기 때문'이라고 본다. 대부분의 사람들에게는 대수롭지 않게 여겨질 일들이 그에게는 중요한 시적 모티프가 되고, 스쳐 지나갈 이미지들이 그에게는 지워지지 않는 사진이나 영상으로 찍히며, 웃어넘길 일이건 통곡할 일이건 넘겨짚을 일이건 그에게는 잘 풀리지 않는 화두가 되어, 이것들이 종합적으로 고성만표 시가 된다. 그리하여 나는 이번 시집에 이르러 고성만 특유의 '자연스럽게' '만들어지는' '고성만표 시'가 완성되었다고 보는 것이다.